우리는 사랑했다

우리는 사랑했다

강화길 글 × 키미앤일이 그림

차례

우리는 사랑했다
09

작가 인터뷰
75

나는 병에 걸려 죽었다.

죽음 이후, 나는 항상 이곳에 있다. 마지막 기억을 되새기면서. 나는 반듯하게 서 있다. 허리를 꼿꼿이 펴고 앉아 있다. 눈을 가리고 누워 있다. 그렇게 이 집에 스며들어 있다. 기억은 생전의 나와 가장 가까운 것이기에, 나는 기억을 통해 계속 존재할 수 있다. 나는 희미한 속삭임, 절망 끝에 남은 의지, 조각난 거울의 뒷면, 물에 녹다 만 소금 알갱이와 같다. 나는 이 집 어디든 있다. 거실 책장 안쪽에, 누런 벽지 틈새에, 빽빽한 책들 사이에, 벽지만큼이나 색이 바랜 책장들 속에, 투명한 벌레들이 갉아먹고 남겨 둔

종이 귀퉁이 끝에, 내 살결처럼 냉랭한 표지 위에 나는 언제나 서 있다.

그는 이전에도 여자들을 만났고 사랑했지만, 미래를 함께하고 싶었던 사람은 내가 유일했기에, 차갑게 식은 내 시체 앞에서 매우 절망했다. 큰 상처를 받았다. 슬픔에 젖었다. 이후 그는 다른 여자를 만나지 못했다.

우리는 사랑했다.

그러나 오늘, 그녀가 집으로 온다.

나는 아직 그녀를 한 번도 보지 못했다. 지난 석 달간, 그들의 데이트는 대부분 밖에서 점심이나 저녁을 먹고, 영화를 보거나 공원을 걷는 일이 전부였기 때문이다. 그의 집에서 만나는 건 오늘이 처음이다.

3년 전 오늘, 나는 죽었다.

이후 해마다 오늘 그는 항상 혼자였다. 그는 자신의 삶이 나와 별개로 지속되어야 한다는 걸 알았지만, 매년 오늘이 되면 모든 것이 무용하다고 느꼈다. 쓸쓸했고 외로웠다. 늘 혼자였기에 앞으로도 혼자일 거라 생각했다. 나는 긴 시간 통화로 뜨겁게 달궈진 전화기에 달라붙어 그

모든 이야기를 들었다. 진심이 담긴 그녀의 대답까지도.

「그러면 앞으로 그날만큼은 당신을 혼자 두지 않을게.」

그녀는 또 말했다.

「이제 어쩌면 행복하다는 생각 때문에 잠이 오지 않을지도 몰라.」

*

그가 손끝으로 뒤통수를 주무르며 거실로 나왔다. 살짝 충혈된 눈과 까무잡잡한 피부, 큰 키에 마른 몸, 구부정한 어깨. 내가 기억하는 모습 그대로였다. 달라진 점이 있다면, 짙게 자리 잡은 미간의 주름이다. 두통 때문이었다. 내가 죽은 이후 그는 자주 두통에 시달렸다. 머리 한가운데를 칼로 베어 내는 듯한 통증이 매일 수시로 찾아왔다. 병원에서는 원인을 찾지 못했다. 신경성 같으니 스트레스를 줄이라는 말만 했다.

「마음을 편히 먹으세요.」

의사의 말은 전혀 도움이 되지 않았다. 이렇게 아픈데

어떻게 편해질 수 있단 말인가. 그리고 어떻게 병에 원인이 없단 말인가. 그렇게 두통에 시달리던 어느 날, 그는 깨달았다. 이 모든 것이 나 때문이라는 것을. 나에 대한 사랑이, 잊을 수 없는 그리움이 그의 몸에 고통을 남긴 것이라고. 그래서일까. 그는 깊은 슬픔만큼이나 통증에 익숙해졌다. 그는 자신이 나을 수 없으리라 생각했다.

그러나 오늘 그는 괜찮아 보였다. 두통이 없는 건 아니었지만 견딜 만한 것 같았다. 통증이 심하더라도, 오늘만큼은 견뎌 볼 생각 같았다. 그는 커피를 내리고, 향이 집안에 퍼지기를 기다렸다. 유명한 카페에서 직접 사온 꽤 비싼 원두였다. 진작 청소를 끝내 놓은 집 안은 먼지 하나 없이 깨끗했다. 그는 눈을 지그시 감고 미소를 지었다. 누군가에게 좋은 인상을 주고 싶을 때, 그는 항상 이런 식으로 뭔가 준비했다. 손님들은 그의 사소한 대접을 좋아했고, 그는 보람을 느꼈다.

그는 자신이 좋은 남자라는 생각을 의심해 본 적이 없다.

그런데 갑자기 그가 낮게 신음을 내뱉으며 주저앉았

다. 바닥에 이마를 대고 몸을 웅크렸다. 무엇인가 그의 어깨를 짓누르는 것 같았다. 두통이 시작된 것이다. 그는 숨을 몰아 내쉬었고, 신음했고, 몸을 뒤틀었다. 텅 빈 집 안에 고통에 찬 그의 목소리가 울려 퍼졌다.

두통은 그가 여자를 제대로 만나지 못한 진짜 이유였다. 그는 젊었고, 젊어서 겪지 않아도 될 상처를 가진 남자였다. 그는 삶이 계속되어야 한다고 믿었고, 여자들을 계속 만났다. 물론 그가 나를 잊은 건 아니다. 그가 여자를 만날 때마다 내 이야기를 하는 걸 보면 알 수 있었다. 다만 그는 만나는 사람들에게 고백하지 않으면 안 된다고 생각했던 것 같다. 채울 수 없는 외로움, 그리움, 그것들이 자신을 좀먹고 있지만 극복하려 노력하고 있다는 사실을.

그래서 어떤 이들은 그에게 부담을 느꼈고, 관계는 진전되지 못했다. 어떤 이들은 그에게 다가섰다. 다정한 손으로 그를 어루만졌고, 그가 괜찮다면 기다릴 수 있다고, 그의 상처가 치유될 수 있도록 돕고 싶다고 말했다. 그러나 결국 그는 그들 중 누구와도 오래 만나지 못했다. 쇠꼬챙이가 그의 머릿속을 쑤셔 대는 것 같았기 때문이다. 그

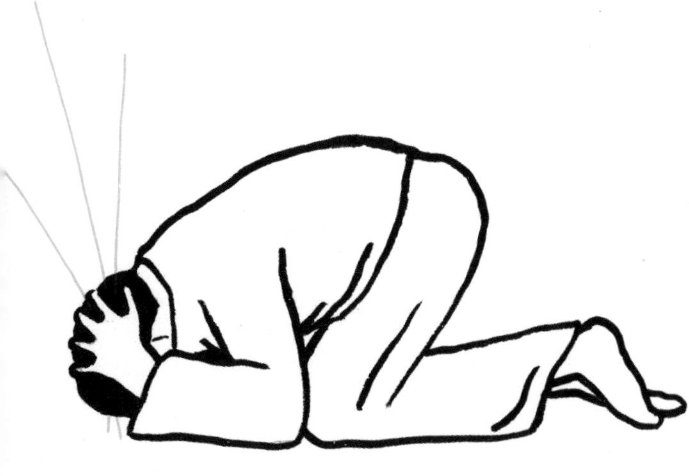

는 특별한 감정을 가질 수 없었다. 누군가에게 따뜻하고 부드러운 마음을 느낄 찰나면, 통증이 밀려와 그의 몸을 거세게 흔들었다. 그때마다 그는 통증에 집중할 수밖에 없었고, 자신을 쓰다듬는 손을 밀어냈다. 통증은 그가 자신 외에는 누구도 신경 쓰지 않는 것처럼 보이게 했다. 홀로 있는 밤이면 그는 고통스러웠다. 타인의 체온이 그립고 귀에 속삭이는 다정한 말을 듣고 싶을 때마다 그의 머릿속은 여러 갈래로 찢어지고 또 찢어졌다. 그는 자연스레 나를 떠올렸다. 잊을 수 없는 나를. 통증만큼 익숙한 슬픔을.

그는 결론을 내렸다. 통증은 나 때문이었다. 나를 그만큼 사랑했기에, 이렇게 아픈 것이다. 그의 몸이 나의 체온을 기억하고 있고, 자신도 모르게 나의 속삭임을 떠올리기 때문에 이렇게 고통이 끊이지 않는 것이다. 그는 슬픔이 온몸으로 느껴진다는 말을 이해했다. 그에게 슬픔은 우울함이나 허전함이 아니었다. 슬픔은 통증이었다. 시큰거림. 어딘가 찢어지는 느낌. 멍이 든 것 같은 먹먹한 감각. 따가움. 신경을 타고 흐르는 화끈거림. 타는 듯한 느낌.

그의 두통은 나 때문이었다.

사실이다.

그가 두통에 시달리는 건, 지금처럼 내가 시시때때로 그의 어깨를 밟고 앉아 머리를 꽉 움켜잡고 있기 때문이다.

그는 절대 나를 잊지 못할 것이다.

우리는 사랑했다.

손바닥에 더 힘을 주려는 순간, 초인종이 울렸다.

그녀가 왔다.

그가 급히 자리에서 일어났다. 나는 뒤로 물러섰다. 나는 다시 한 번 그의 어깨 위로 달려들었지만, 이번에는 소용없었다. 내가 원한다고 언제나 모든 것을 실현할 수는 없다. 손끝으로 이마를 어루만지기만 해도 그가 신음하는 날이 있는가 하면, 그를 온종일 끌어안고 있어도 아무 일 없는 날도 있다. 사실 나는 대부분 시간 동안 아무것도 하지 못한다. 내가 그에게 영향력을 발휘할 수 있는 순간은 느닷없이 찾아오기 때문이다. 나의 의지와, 감정과, 인내심과 상관없이 갑자기 어느 순간 나타난다. 마치 내가 죽던 날처럼.

죽음은 내 주변을 맴돌며 수시로 나를 부수었고, 그 조각들을 훔쳤다. 내가 죽어 간다는 걸 나는 알고 있었다. 단지 그것이 언제 어떻게 이루어지는 건지 몰랐을 뿐.

나는 유령이고, 이제 내가 겪은 죽음이 무엇인지 안다. 죽음은 갑자기 찾아오는 것이 아니다. 죽음은 느닷없는 사고, 단말마의 비명, 평안한 노년의 어스름에 찾아오는 이별이 아니다. 적어도 그런 것들은 기억을 남기지 않는다. 유령이 되지 않는다. 유령은 끊임없이 지속되는 고통이 남긴 생의 너저분한 기억들이다. 그렇다. 나는 기억이다. 통증이 온몸을 두들겨 댈 때마다 나는 소리를 질렀고, 이 집은 나의 기억을 집어삼켰다. 나는 증오와 원한의 기억으로 이곳에 남았다. 병에 대한, 통증에 대한 원망의 기억으로 이곳저곳에 스며들었다. 나는 어느 날 갑자기 죽지 않았다. 나는 천천히 죽어 갔다. 몸속이 갈기갈기 찢어지는 고통을 겪으며 천천히 시들어 갔다. 통증이 지독할 정도로 깊었기에, 나는 기억을 남기게 되었다. 죽음은 나의 기억만큼은 빼앗지 못했다. 그래서 나는 이 집에 남아 있다. 그리고 기억이 무엇보다 뚜렷하기에 나는 할 수 있다. 죽음에게 배운 대로 할 수 있다.

나는 그가 다른 여자를 만나지 않기를 원한다.

그래서 나는 항상 그에게서 기회를 빼앗았다. 내 기억으로 가득한 이 집에서 다른 여자에게 달콤한 속삭임을 건네지 않기를 원했다. 나는 그가 다른 여자들을 떠올릴 때마다, 우리가 함께 살던 이 집에 그녀들을 데려올 때마다, 그녀들의 부드럽고 따뜻한 살결에 입을 맞출 때마다, 그의 머리카락 속으로 양손을 밀어 넣었다. 그가 고통에 몸부림치는 걸 지켜보았다. 나를 기억하고 잊지 못하는 사람을 바라보았다. 나를 계속 기억하고, 잊지 못할 사람을 바라보았다.

그러나 그건 시간을 잠시 멈출 뿐이었다. 실제로 아무것도 막지 못했다. 대부분 나는 아무 힘도 쓸 수 없었다. 그저 흩어지는 기억으로 그의 곁을 부유할 뿐이었다. 그는 통증이 사라지고 나면 항상 다른 여자들을 다시 떠올리곤 했다. 남은 생을 어떻게 살아야 할지 고민했다. 그는 살고 싶어 했다. 그래서 그는 내 앞에서 항상 그녀들의 이름을 불렀다. 나는 그녀들에게는 손도 대지 못했다. 그녀들의

미소 아래 나는 지워지고 밀려났다. 저 아래로, 아래로. 내가 할 수 있는 건, 언제 찾아올지 모르는 기회의 순간을 위해, 그가 그녀들을 끌어안지 못하도록 항상 주변을 맴도는 것뿐이었다.

그러나 이번에는 어려웠다. 그는 그녀를 집에 데려오지 않았다. 나는 그의 뒤를 따라다니며 끊임없이 그들을 훼방 놓았지만 효과는 잠시였다. 그는 그녀를 늘 밖에서 만났다. 아플 때는 그녀에게 연락하지 않았다. 나는 그녀가 제 풀에 지쳐 사라지기를 바랐다. 아픈 사람을 만난다는 건 쉬운 일이 아니니까. 그러나 그녀는 걱정했고, 이해했고, 그를 내버려 뒀다. 병원은 소용없고, 그저 시간이 지나면 괜찮아진다는 그의 말을 진심으로 믿는 것 같았다.

어느 날 나는 그의 등 뒤에 누워 그들의 대화를 들었다. 손끝으로 그의 목덜미를 눌렀다. 그는 갑작스런 통증에 인상을 찡그렸다. 말을 하지 못했다.

「왜 그래? 괜찮아?」

그녀가 걱정 가득한 소리로 물었다. 나는 그의 목덜미를 더 세게 눌렀다. 그가 안간힘을 쓰며 그녀에게 말했다.

「괜찮아. 좀 쉬면 돼.」

「정말?」

「응. 정말 괜찮아, 괜찮아질 거야.」

그녀는 마음 아파하는 것 같았다. 도울 수 있는 일이 있으면 좋겠다고 말했다. 그가 미소를 지었다. 필요하면 언제든 말할 테니, 지금은 걱정하지 말라고 말이다. 그녀가 말했다.

「내가 항상 곁에 있을 테니까 걱정하지 마.」

그가 감동한 목소리로 대답했다.

「고마워.」

그는 알까.

내가 항상 그의 곁에 있다는 것을.

문이 열렸다.

「미안해. 조금 늦었지?」

그녀가 밝게 웃으며 집으로 들어왔다. 그의 얼굴에도 편안한 웃음이 떠올랐다.

그가 그녀에게 물었다.

「커피 마실래?」

그녀는 웃으면서 고개를 저었다.

「아니, 괜찮아. 아침에 한 잔 마셨어.」

그 순간, 그녀는 그의 표정이 변하는 걸 놓치지 않았다. 그래서 물었다.

「혹시 나 때문에 미리 커피 내려 놓은 거야?」

「응? 아니야. 아니야.」

하지만 그의 목소리는 어색했다. 뭔가 불편한 기분이 느껴졌다. 그녀가 말했다.

「난 커피를 하루에 두 잔 마시면 밤에 잠이 안 오거든.」

그가 부드럽게 웃었다.

「정말 괜찮아. 신경 쓰지 마.」

그리고 덧붙였다.

「내가 다 마시면 돼.」

이번에는 그녀의 표정이 약간 달라졌다. 뭔가 부담을 느끼는 얼굴이었다. 그는 눈치채지 못한 것 같았다. 대신 그녀는 약간 놀란 말투로 이렇게 많은 양을 혼자 다 마실 수 있는 거냐고 질문했다. 물론 진짜로 놀란 것 같지는 않았다. 그녀는 커피에 별로 관심도 없어 보였다. 그냥 그에게 신경 쓰고 있다는 걸 드러내고 싶어 하는 것 같았다. 그는 말했다. 하루에 한 잔을 마시건, 석 잔을 마시건 그에게 커피는 물과 차이가 없다고.

그녀는 경청했다. 관심 있는 척, 즐거운 척. 나는 비위가 상했다. 그래, 물론 거짓은 아닐 테지. 시늉도 아닐 것이다. 그녀는 그를 조금이라도 더 알고 싶은 것이다. 사소한 이야기를 많이 알게 될수록 그에게 더 가까워진다고 생각할 테니까. 그리고 말없이 이야기를 들어주는 모습을 그가 좋아한다는 사실을 알고 있는 거겠지. 내 예상대로, 그는 신이 난 말투로 커피에 대해 설명하기 시작했다. 원산지, 원두의 종류, 볶기의 정도 등등. 그러더니 덧붙였다.

「이 커피는 향이 좋아서 어떻게든 다 마실 생각이야.」

그녀가 영문을 모르겠다는 표정을 지었다. 그가 그녀를 지그시 바라봤다. 그 눈빛을 보는 순간, 나는 참을 수가 없었다. 그의 목을 움켜잡았다. 그리고 그녀를 노려보며 말했다.

여기서 당장 나가.

그러나 내 목소리는 허공에서 순식간에 흩어졌고 누구에게도 닿지 못했다. 나는 힘을 더 줘서 그의 머리를 꽉 잡았다. 부서져도 상관없어. 나는 몰래 소망했다. 사실 그건 오래된 바람이었다. 이 사람이 누군가를 끌어안는 모습을 보느니, 차라리 내가 이 사람을 망가뜨리고 말겠어. 으깨 버리고, 찢어 버려서, 영원히 누구에게도 아무 말도 하지 못하게 하겠어. 그러나 그들은 서로에게 다가섰다. 그의 몸이 나를 통과해 지나갔고, 그의 손은 그녀의 어깨를 어루만졌다. 그녀의 허리를 살짝 끌어안았다.

그 순간, 오래된 기억이 밀려왔다.

그는 이렇게 가까운 거리에서 나를 살짝 끌어안은 채 낮은 목소리로 속삭이는 걸 좋아했고, 나는 그럴 때마다 마음 깊숙한 곳이 간질거리는 느낌을 받았다.

오래전의 나처럼, 그녀의 얼굴이 상기되어 있었다.

그가 그녀에게서 몸을 뗐다. 그리고 컵에 커피를 따라 그녀에게 건네며 말했다.

「이건 보통 커피랑 다를 거야. 향만 맡아 봐.」

그녀는 컵을 코 아래로 가져갔고 향을 맡았다. 별로

감흥이 없어 보였다. 그가 낮게 웃음을 터뜨렸다. 그녀가 향기에 대해 잘 모른다고 생각한 것이다. 그는 또다시 신이 난 말투로, 커피 향이 왜 중요한지 설명하기 시작했다. 나는 결국 눈을 감고 말았다. 그 부드러운 목소리 때문에. 그 목소리가 누군가에게 닿는 이 상황을 나는 도저히 견딜 수가 없었다. 그랬다. 무언가를 설명할 때면 그의 목소리는 이렇게 더 다정해지곤 했다. 내가 뭔가를 모르고 있다고 생각할 때면 그는 더더욱 친절했다. 그에게는 이런 태도가 늘 무척 쉬웠다. 그 어느 때이든, 어떤 누구에게든.

나는 몸을 떨었다.

그가 그녀에게 말했다.

「한 모금만 마셔 봐. 그럼, 차이를 알 거야.」

그러나 그녀는 약간 당황한 표정으로 커피 잔을 바라보았다. 문득 나는 그녀가 커피를 싫어할지도 모른다는 생각이 들었다. 아침에 커피를 마셨다는 건, 그냥 완곡한 거절을 위해 돌려 말한 게 아니었을까. 그의 마음이 불편할까 봐, 그가 권유하는 걸 거절하지 못한 건 아닐까. 나 역시 그랬다. 그의 목소리를 들으면 도저히 싫다는 말이 나오지 않았다. 그녀도 그때의 나처럼 조용했다. 그래. 그에게 잘 보이고 싶어서겠지. 그가 좋아하는 걸 함께 좋아하고 싶은 것이다. 그렇게 보이고 싶은 것이다.

그녀가 커피를 마셨다. 입가가 미세하게 움직였다. 그리고 말했다.

「응, 맛있는 것 같아.」

그는 침묵했다. 그녀의 말을 못 들은 것 같기도 했고, 들었지만 모른 척하는 것 같기도 했다. 그녀의 시선은 예민하게 움직였다. 뭔가 구체적으로 말해야 한다는 압박을 느끼는 듯했다.

그녀가 말했다.

「이거, 맛있다.」

그가 달가운 목소리로 반응했다.

「그렇지? 꽤 먼 곳에 있는 카페까지 가서 직접 사왔어.」

그녀의 표정이 또 달라졌다. 이번에는 기뻐 보였다. 그가 그녀를 위해 뭔가 준비했다는 사실이 고마운 것이다. 약간 미안해 보이기도 했다. 나는 그녀가 상대의 기분을 많이 신경 쓰는 사람 같다는 생각이 들었다. 왜냐하면, 그는 그런 여자를 좋아했으니까.

오래전, 그는 내게 현명함과 영리함은 다르다고 말한 적이 있다. 다른 여자들과 달리 내가 현명해서 좋다고 했다. 갑자기 지금 그 기억이 왜 떠오른 건지 모르겠다.

그가 그녀에게 말했다.

「입맛이 예민하구나? 다른 사람들한테는 이렇게 자세히 설명하진 않아. 말해 줘도 어차피 다 잘 모르거든.」

「다른 사람? 누구?」

그녀가 장난스럽게 말을 받았다.

「다른 여자들?」

그들이 서로를 보며 웃었다. 나는 아무것도 할 수 없었다.

커피를 마시며 그녀는 집을 구경하기 시작했다. 우리가 함께 산 집은 시 외곽에 있는 작은 연립 주택 2층으로 매우 오래된 건물이었다. 우리가 가진 돈으로 구할 수 있었던 최고의 집이었다. 처음 한동안 우리는 집 안 곳곳을 꾸미는 데 열을 올렸다. 지금 그녀가 호기심 가득한 눈길로 바라보는 거실 벽면의 책꽂이는 그때 들여놓은 것이다. 바닥에서 천장까지 치수를 재서 맞춘 이 원목 책꽂이는 책들로 빈틈없이 빽빽했다. 내가 죽은 이후 그는 한참 동안이나 집 안을 내버려 뒀다. 청소도 설거지도 그 무엇도 하지 않았다. 특히 책꽂이에는 어떤 관심도 갖지 않았다. 책 위에 먼지가 쌓였고, 책장 사이사이 곰팡이가 피었지만 그는 모든 것을 방치했다. 우리가 함께 꾸민 집이 무너져 간다는 생각 때문이었는지, 아니면 여기서 계속 살아야 한다는 생각 때문이었는지 언제부터인가 그는 다시 집 안 곳곳에 눈길을 줬다. 청소부터 시작했는데, 당연하다는듯 그는 책장부터 정리했다. 오래된 책을 모두 버렸다. 상태가 괜찮은 책들은 중고 서점에 팔았다. 하지만 책을 갖고 나가는 일은 꽤 귀찮았고, 돈을 많이 받지도 못했기에 그는 어느 순간 책을 정리하는 일을 관뒀다. 덕분에 책장에는 여전히 책이 많이 꽂혀 있었다. 그녀는 이렇게 책이 많은 집은 처음 봤다며 흥미로워했다.

그녀가 책꽂이 앞으로 한발 더 다가섰다. 소용없으리라는 걸 알았지만, 나는 그녀의 팔뚝을 움켜쥐어 보았다.

차갑고 투명한 내 손가락 사이로 그녀의 따뜻한 몸이 통과해 나갔다. 내게도 한때는 저런 몸이 있었다. 누군가를 짓누르는 손가락이 아니라, 책장을 부드럽게 넘기는 손가락이 내게도 있었다. 그가 그녀 옆으로 다가와 섰다.

「마음에 드는 책 있어?」

그녀는 고개를 저었다. 나는 웃었다. 책장에서 시선을 떼지 못하고 있으면서, 아니라고 대답하다니 딱한 마음이 들었다. 그가 책을 좋아한다는 생각에 신이 난 것 같은데 조심스러워하느라 말도 제대로 못하고 있었으니 말이다. 분명했다. 그녀는 당장 지금 그와 뭔가 이야기를 나누고 싶은 것 같았지만, 참고 있었다. 수다스럽게 보이고 싶지 않은 것이다. 그가 그녀 옆으로 조금 더 가까이 다가왔다. 나는 책꽂이에 기댔다. 두 사람이 한 번에 눈에 들어왔다. 살아 있는 사람들. 이야기를 나눌 수 있는 사람들. 책장을 넘길 수 있는 사람들. 그리고 두 사람의 건너편 쪽에 굳게 닫힌 방문이 보였다. 침실이었다. 나는 고개를 돌렸다.

「너도 소설을 좋아하는구나.」

그녀가 작은 목소리로 중얼거리듯 말했다. 그리고 책

꽂이 한쪽에 컵을 올려놨다. 그의 눈길이 컵을 따라 움직였다. 그녀는 기다리는 것 같았다. 우리는 좋아하는 것이 비슷한 것 같다는 그의 대답을 말이다. 그러나 그는 조용했다. 묘한 긴장감이 느껴졌다. 그녀가 무안한 표정을 애써 감추며 책꽂이 뒤로 한걸음 물러서는 순간, 그가 그녀 쪽으로 손을 뻗었다. 그녀가 놀라며 목을 살짝 움츠렸다.

「왜 그래?」

그가 웃으며 말했다. 그의 손에는 책장에 올려놓은 컵이 들려 있었다. 제법 큰 컵이었는데도, 그의 손안에 있으니 어린아이 장난감처럼 작았다. 금방이라도 부서질 듯 약해 보였다.

그가 그녀에게 컵을 건네며 말했다.

「내가 무슨 짓이라도 할 줄 알았어?」

농담처럼 건네는 말이었지만 어쩐지 서운함이 깃들어 있었다.

그녀가 고개를 흔들며 웃었다. 아니라고, 그냥 조금 놀랐을 뿐이라고 말했다. 그런데 그녀의 태도가 부자연스럽다고 느낀 건지, 그의 표정이 되려 딱딱해졌다. 그녀는 당황했다. 다급한 말투로 설명했다. 정말로 그냥 놀란 거였어. 그녀는 다급한 말투로 설명했다. 그는 말이 없었다. 무슨 생각을 하는지 알 수 없었다. 그러자 그녀는 그의 눈치를 봤다. 아마 생각하고 있을 것이다. 그에게 사과해야 하는 걸까. 마음이 상한 거냐고 물어봐야 하는 걸까. 이런 모습이 그에게는 더더욱 잘 보일 것이다. 그러나 그는 아무 말도 안 했다. 마치 벌을 주는 것처럼.

그녀가 손톱을 깨물었다. 아주 천천히 시간이 흘렀다. 더는 이 침묵을 견딜 수 없다는 듯 그녀가 고개를 올려 든 순간, 그가 입을 열었다.

「읽고 싶은 책 있어? 빌려 가도 돼.」

방금 무슨 일이 있었냐는 듯 아무렇지 않은 말투였다. 그녀는 얼굴을 붉혔다. 부끄러운 것 같았다. 괜한 일에 신경을 곤두세웠나 싶은 것이다. 이런 일에 초조해하며 눈치를 보다니. 동시에 의심을 떨쳐 내지 못한 듯했다. 정말로 그는 아무렇지 않았던 걸까? 내가 느낀 이 낯선 기분은 괜한 것일까? 그래도 그녀는 기분을 풀었다. 오늘은 특별한 날이고, 그를 위해 이곳에 왔고, 무엇보다 그녀는 그를 좋아했으니까. 사람의 관계란 서로를 위해 조금은 배려하고 양보하면서 함께 서 있는 것이니까. 아마 이렇게 생각하고 있을 것이다. 그녀는 그에게 좋은 여자가 되고 싶을 테니까. 자신의 감정을 쉽게 무시해 버린 덕분인지, 그녀의 얼굴도 쉽게 편해졌다.

사실 이건 정말로 쉬운 일이다. 내 감정을 똑바로 들여다보는 일보다, 타인의 감정에 반응하기만 하는 것이 훨씬 간단하다. 내가 그랬다. 나는 항상 아팠고, 그래서 내 마음은 늘 지옥 같았기에. 그의 마음을 들여다보는 일이 좋았다. 그가 나를 사랑하는 한, 그곳에는 꽃이 피어 있는 것 같았다. 마른 화분에서 싱그럽게 피어난 새파란 잎. 샛노란 꽃잎들.

그녀가 명랑하게 물었다.

「혹시 추천해 줄 수 있는 책 있어?」

그가 무슨 책을 고르던, 무조건 다 좋다고 할 기세였다. 책꽂이에 먼저 눈길을 준 사람은 그녀였고, 책들을 찬찬히 살펴보며 즐거워한 사람도 그녀였지만 그녀는 그의 취향을 먼저 묻고 있었다. 그가 말했다.

「글쎄. 나는 소설은 별로야. 그렇게 쳐줄 만한 장르인지 모르겠어.」

그러나 책꽂이에는 소설책밖에 없었다. 그녀는 이해할 수 없다는 표정을 지었다. 이에 그가 말했다. 그냥 남들이 읽는 걸 따라 읽었지만, 별건 없었다고. 그리고 덧붙이듯 물었다.

「그런데 너도 소설 좋아하는 사람이구나?」

그녀 주변의 공기가 가라앉았다. 그의 말투는 쌀쌀맞지 않았다. 그녀를 무시하는 것 같지도 않았다. 그러나 그녀는 어떤 불편함을 느끼고 있었다. 나는 미소를 지었다. 그래. 나는 이런 풍경을 원했다. 이런 모습을 원했다. 그러니까 어서 이 집에서 나가. 그녀에게 속삭이려 다가서는 순간, 낯익은 풍경이 눈앞에 보였다. 어떤 책에 닿아 있는 그녀의 시선.

왜 이런 기분이 드는 거지.

내가 머무르는 곳. 내 기억이 누적되어 있는 곳. 오래된 책장을 넘기면 손끝에 먼지가 묻곤 했다. 접어 놓은 책장 귀퉁이는 유리처럼 매끄러웠다. 나는 여기 꽂힌 모든

책의 일부를 그렇게 접어 놓았다. 왜냐하면 이 모든 책이 사실 전부 나의 것이기 때문이다. 모두 내 기억이기 때문이다. 나는 그녀가 바라보는 내 책을 함께 바라보았다. 저 책을 어디서 구했더라. 기억나지 않았다. 하지만, 저 책이 무슨 내용인지는 알고 있다.

어젯밤, 병원 분수대에서 한 여자가 발견되었다. 머리를 물속에 박은 채. 그녀의 긴 머리카락이 얕은 수면 아래 흐트러져 있었다. 그녀는 급히 응급실로 이송되었다. 그녀가 죽었는지 살았는지 누구도 알지 못했다.

오늘 나는 치료를 위해 병원에 입원했다. 두 번째 입원이다. 아니, 세 번째 입원이다. 나는 병원이 권하는 모든 것을 했다. 살점을 잘라 내는 조직 검사를 견뎠다. 밀폐된 곳에서 몸이 울리는 검사를 버텼다. 약물 치료. 수술. 그 모든 것을 했다. 그러나 병은 낫지 않았다. 나는 내가 왜 아픈지 알지 못했다. 의사들은 내게 신경성이라고 했다. 마음을 편히 가지라고 했다. 그러나 나는 온몸을 찌르는 것 같은 통증에 시달렸고, 고열과 구토를 반복했다.

첫 번째로 입원했을 때, 함께 지내던 친구가 있었다. 옆자리에 입원해 있던 명아. 명아는 밥을 먹을 때, 꼭 커튼을 쳤다. 처음에는 그게 속상했다. 나와의 관계에 선을 긋는 것 같았기 때문이다. 그러나 곧 알게 되었다. 그건, 명아가 밥을 먹을 때 입에서 음식물이 흘러내리기 때문이었다. 턱이 벌어져 있기 때문이었다. 그 이유를 나는 곧 알게 된다.

명아의 남편이 찾아왔던 날, 옆에서 신음소리가 들렸다. 고통스러워하는 목소리였다. 나는 침대에서 일어나 커튼 밖을 향해 외쳤다.

「명아야, 괜찮아?」

그 순간 둔탁한 소음이 들리며 바닥으로 무언가 떨어졌다. 나는 깜짝 놀랐다. 명아였다. 그녀의 얼굴을 누군가 발로 짓누르고 있었다. 나는 소리를 질렀다. 병동의 사람들 모두 잠에서 깨어났다. 간호사들이 쫓아왔다. 나는 명아를 구해 달라고 외쳤다. 간호사들이 커튼을 젖혔다. 명아와 남편이 서로를 끌어안은 채, 평화롭게 잠들어 있었다. 남편이 쑥스러워하며 간호사들에게 사과했다.

「죄송해요. 보호자가 침대에 올라가면 안 되는 거 아는데……, 어쩔 수 없었어요.」

명아는 아무 말도 하지 않았다. 나를 가만히 바라보다 고개를 돌렸을 뿐이다. 이후 나는 그때 일에 대해 말하지 않았다. 어느 날, 명아가 말했다. 다른 사람들은 자신을 이해할 수 없는 사람, 답답한 상황에서 빠져나오지 못하는 사람, 멍청한 사람이라고 부르는데, 왜 나는 아무 말도 하지 않느냐고. 나는 역시 또 아무 말도 안 했다. 명아가 말했다.

「너도 그게 뭔지 아는 거겠지.」

이후 나는 퇴원했고, 명아와 연락하지 않았다.

분수대의 여자는 혹시 명아가 아닐까.

나는 이전에 입원해 있던 병실을 찾아갔다. 명아의 자리로 가 보았다. 다른 사람의 이름이 적혀 있었다. 그래. 퇴원했겠지. 벌써 몇 달 전 일이다. 안심이 되었다. 그리고 돌아서는데 열린 창틈으로 바람이 불어왔다. 침대 커튼이 흔들리며 안쪽이 살짝 드러났다. 나는 익숙한 것을 보았다. 커튼을 열어젖히자 초록색 큐빅 귀걸이 한쪽, 얼룩진 손수건, 닳아 빠진 몽당연필 하나가 놓여 있었다. 모두 명아의 물건이었다.

나는 주위를 둘러보며 말했다.

「명아야? 여기 있어?」

내 목소리가 병실에 메아리쳤다. 그제야 주위에 아무도 없다는 걸 알았다. 섬뜩한 느낌이 등을 타고 내려왔다. 이곳에 더는 있고 싶지 않았다. 그래서 문가를 향해 몸을 돌렸는데, 열린 문틈으로 무언가 재빠르게 사라졌다. 복도 저편으로 그림자가 달려가는 모습이 보였다. 나는 그것을 따라 뛰었다. 외쳤다.

「명아야? 너야?」

나는 복도 끝을 향해 뛰었다. 그림자는 비상구 계단 앞에서 사라졌다. 나는 잠시 숨을 몰아 내쉬었고, 아래로 내려가려 난간을 잡았다. 그 순간 멈칫, 눈길을 끄는 것이 있었다. 우리가 입원했던 층은 병원에서 가장 높은 곳이었다. 알려진 바에 따르면 그랬다. 때문에 우리는 늘 아래로 내려갈 뿐, 위로 올라가지는 않았다. 하지만 사실 다른 공간이 또 있었다. 험한 일을 당한 여자들이 입원해 있는 곳. 미치거나 미칠 예정이거나, 도저히 치료할 수 없는 병을

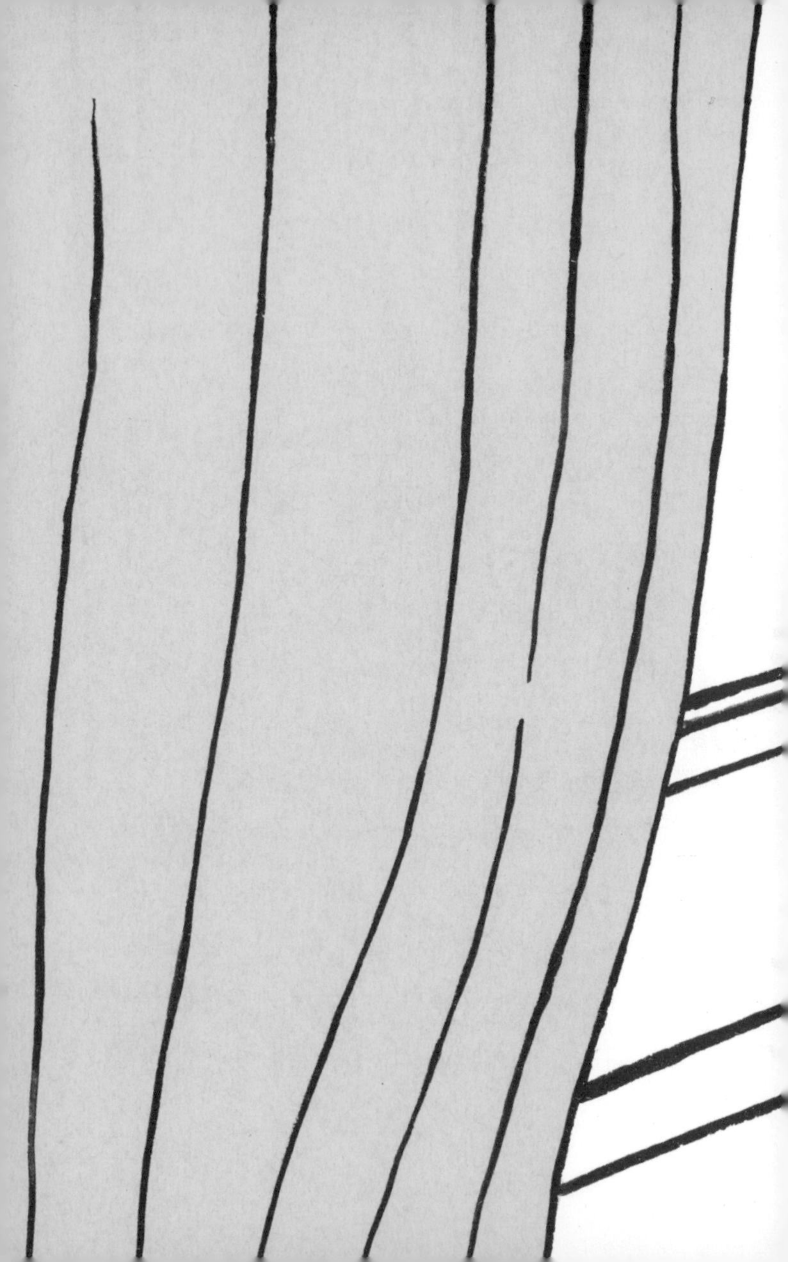

얻은 여자들이 누워 있는 곳. 명아는 그곳을 다락방이라고 불렀다. 그리고 그곳에는 누구도 들어갈 수 없었다. 엘리베이터에서는 비밀 번호를 눌러야 했고, 위층으로 향하는 모든 계단에는 단단한 자물쇠가 걸린 철문이 세워져 있었다.

지금 철문의 자물쇠가 열려 있었다.

나는 문의 손잡이를 잡았다. 차가운 감각이 손바닥에 전해졌다. 문을 당기자 끼익, 하는 쇳소리가 날카롭게 울렸다. 내 몸속도 함께 울렸다. 문 너머에는 계단 대신 완만한 경사의 길이 나 있었다. 나는 발을 내딛었다. 이상했다. 분명 딱딱해 보이는 시멘트 바닥인데, 내가 발을 딛자 아래가 푹 꺼지는 기분이 들었다. 함박눈이 쌓인 길을 걸어가는 기분이었다. 실제로 바닥은 아무 변화가 없었다. 나는 위쪽으로 올라가기 시작했다. 점점 경사가 가팔라졌다. 동시에 발아래가 점점 깊어지는 기분이 들었다. 나는 안간힘을 쓰며 위로 올라갔다. 거의 기어가다시피 했다. 그러자 언덕 끝에 반짝이는 것이 하나 보였다. 나는 끝까지 올라갔다. 반짝이는 물건의 형체가 눈에 들어왔다. 그건, 명아의 다른 쪽 귀걸이었다. 초록색 싸구려 큐빅이 박힌 나머지 귀걸이 한쪽. 나는 손을 뻗어 그것을 움켜잡았다. 그 순간, 나는 아래로 떨어졌다. 비명을 지르고 싶었지만 그럴 수 없었다. 나는 어딘가에 묻혔다. 진흙더미처럼 말랑말랑한 무언가에 온몸이 파묻혀 있었다. 물렁물렁한 것이 얼굴 위를 덮고 있었다. 숨도 쉴 수 없었다. 몸을 움직일 수도 없었고 눈을 뜰 수도 없었다. 내가 아래쪽으로 떨어지고 있다는 것만 알 수 있었다. 나는 아래로, 아래로, 계속 떨어지기만 했다. 그리고 어느 순간.

나는 물속에 있었다. 숨을 쉴 수가 없었다. 나는 허우적거렸다. 물이 입안으로 밀려들었다. 나는 안간힘을 쓰며 주위를 살폈다. 나갈 곳이 보이지 않았다. 깊은 물속에 나 혼자였다. 두려웠다. 그래도 나는 눈을 부릅뜨고 앞과 옆을, 위와 아래를 봤다. 그러다 저 멀리 나처럼 허우적대는 무언가를 봤다. 나는 앞으로 헤엄쳤다. 이미 모든 숨을 다 써버린 상태였지만 나는 버텼다. 조금 더 버틸 수 있었다. 정말로 조금은 더 견딜 수 있었다.

그곳에 명아가 있었다. 건너편, 명아가 물속에서 허

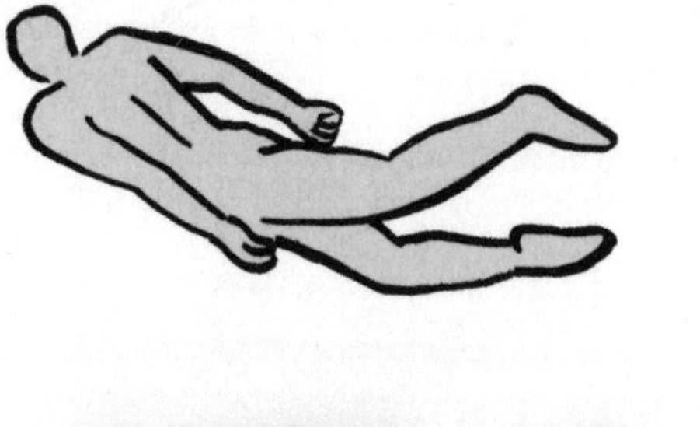

우적거리고 있었다. 나는 명아를 향해 손을 뻗었다. 앞으로 더 헤엄쳤고, 손끝을 흔들었다. 명아를 만나야 했다. 이곳에서 함께 나가야 했다. 그녀를 향해 나는 계속 앞으로 나아갔다. 숨이 막혔다. 아직 괜찮았다. 정말로 괜찮았다. 그렇게 다시 한 번 손을 뻗는 순간, 딱딱하고 투명한 벽이 손끝에 닿았다. 명아와 나 사이에, 거대한 유리 벽이 있었다. 나는 주먹으로 벽을 쳤다. 쿨럭이며 물을 뱉어 냈다. 그러자 그보다 더 많은 물이 몸속으로 밀려들었다. 벽에 막혀 나는 앞으로 나아갈 수 없었다. 대신 나는 명아에게 손짓했다. 이곳에 내가 있다고. 나를 보라고. 하지만 명아는 여전히 나를 알아보지 못했다. 영원히.

왜일까.

지금 저 책의 이야기가 왜 떠오르는 걸까.

그는 책이란 이사할 때 짐이 될 뿐이라고 말했다. 나는 화가 나지도, 기분이 나쁘지도 않았다. 왜냐하면 그는 나를 무시하지도 않았고 불쾌하게 하지도 않았던 것이다. 그저 자신의 의견을 지나가듯 말했을 뿐이었다. 내게 문제가 있는 것 같았다. 이렇게 솔직하고 친절한 그를, 겨우 내 취향 하나 때문에 원망하는 기분이 들었기 때문이다. 나 자신이 비겁하게 느껴졌다. 왜냐하면 그는 항상 내게 말했던 것이다.

「나를 편하게 대해. 편하게. 무슨 말이든 해도 괜찮아.」

그녀에게도 그렇게 말했을까? 그래서 그녀는 그에게 무슨 말이든 하고 있을까?

그러나 지금 그녀의 표정은 좋지 않았다. 생각이 많아 보였다. 무언가를 솔직하게 말할 것 같지는 않았다. 불편해 보였고, 이 집에서 나가고 싶어 하는 것 같았다. 나는 몸이 떨렸다. 바로 내가 원하는 바였다. 내가 계속 바라는 것이었다. 그때, 그가 불쑥 입을 열었다.

「너 머릿결이 굉장히 좋구나.」

그러면서 그는 슬며시 그녀의 머리카락을 매만졌다. 갑작스러운 칭찬 때문인지, 그녀가 표정을 풀었다. 이번에도 자신의 감정을 밀어내는 것 같았다. 생각하는 것 같았다. 그래, 이게 진짜 우리의 모습이지. 서로의 좋은 점을 알아보고, 말해 주고 계속 그렇게 생각하고. 그녀는 쑥스러운 듯 자신의 머리카락을 감아쥐며 웃었다. 그러자 그가 그녀의 머리를 쓰다듬었다. 천천히 손을 아래로 내렸다. 어깨를 어루만졌고 팔뚝을 부드럽게 스쳐 지나갔고, 손목을 간질였다. 새끼손가락 끝을 다정하게 문질렀다. 그녀는 가만히 있었다. 그가 속삭였다.

「안쪽 방도 구경할래?」

그건, 내게도 했던 말이었다. 나도 들었던 말이었다.

나는 그의 목덜미를 움켜쥐었다. 제발, 그의 머릿속이 터져 버리기를. 그래서 그녀에게 어떤 제안도 할 수 없기를 바라며 그의 머리를 흔들었다. 소용없었다. 그가 그녀의 팔을 끌어당겼다.

나는 소리를 질렀다.

나가! 이 집에 나가라고!

그 순간, 건너편을 바라보며 유리 벽을 두드리던 여자가 떠올랐다. 그 소설의 결말이 뭐였더라. 기억나지 않는다.

그녀가 대답했다.

「아니. 나중에 볼게.」

그녀는 책을 조금 더 보고 싶다며 책장 앞으로 돌아섰다. 그제야 나는 알았다. 그녀는 오늘 그의 집에 오는 일이 어떤 의미인지 모르지 않았을 것이다. 아마, 그녀도 원하고 있을 것이다. 그와 맨살을 맞대고 서로의 체온을 느끼고 싶을 것이다. 서로가 연결되어 있다는 걸 확인하고 싶을 것이다. 다만, 서두르고 싶지는 않은 것 같았다.

내게는 이런 기억이 없다.

그리고 그는 내게 늘 아름답다고 말했다.

나는 믿지 않았다. 거울 속에 비친 나는 병색이 완연했고, 불안과 분노를 끌어안고 있었다. 하지만 그는 괜찮다고 말했다. 나는 그를 믿을 수 없었기에, 다른 것들을 믿었다. 눈앞에 보이는 분명한 것을. 손으로 만질 수 있는 단단하고 차가운 것들. 내가 살아 있다는 걸 느낄 수 있는 어떤 것들. 나는 그 시절처럼, 책장에 기대 서서 책들을 향해 바람을 후 불어 넣었다. 먼지가 날렸다. 이전의 나는 이 풍경을 가만히 바라보며 하염없이 앉아 있곤 했다. 그러다 손끝에 먼지를 묻히곤 했다. 내가 무언가를 보고 만질 수 있다는 사실만으로 아직 살아 있다는 느낌을 받기에는 충

분했으니까. 먼지가 내 몸을 통과해 뒤쪽으로 날아갔다. 나는 이제 먼지를 붙잡을 수 없다. 내가 먼지의 일부니까.

그녀가 눈을 찌푸렸다.

「눈에 먼지가 들어간 것 같아.」

「먼지?」

그는 믿을 수 없다는 듯 반문했다. 그녀에게 티끌 한 점 보이고 싶지 않아, 밤새 청소를 했다.

「아니야. 내가 예민한가 봐.」

그녀가 웃으며 컵을 입가로 가져갔다. 멈췄다. 이번에는 또 뭐냐는 표정으로 그가 그녀를 봤다. 그래도 말투는 여전히 부드러웠다.

「왜 그래 또?」

「커피에 먼지가 있어.」

그녀의 말에 그가 컵을 내려다봤다. 검은 커피 위에 하얀 먼지들이 떠 있었다.

「아니야.」

그가 말했다.

「이건 먼지가 아냐.」

그가 설명했다.

「커피를 내리면 찌꺼기가 같이 내려올 때가 있어. 이건 그거야.」

그러더니 그는 자신의 컵을 가지고 와서는 여기에도 있으니 한번 보라고 했다. 그의 커피에도 작고 반투명한 조각들이 둥둥 떠 있었다. 그건 그녀의 컵에 떠 있는 것들과 조금 달라 보였지만, 그는 확신에 차 보였다. 만일 그녀가 그의 말을 부정한다면 매우 서운해할 것 같았다. 하지만 그녀는 애초 좋아하지도 않는 커피를, 그것도 먼지가 떨어진 커피를 더는 마시고 싶지 않은 것 같았다. 그녀의 뜻을 그도 알아차렸다. 그는 그녀에게 컵을 달라고 말했다. 딱딱한 말투였다. 괜찮다고, 마시지 않아도 된다고 말하고 있었지만 마음이 상했다는 걸 누구든 알 수 있었다. 그녀는 어쩔 줄 몰라하며 그를 바라보았다. 그의 성의를 무시한 걸까. 그런 의도는 아니었는데. 혹시 그에게 상처를 준 건 아닌지 염려스러운 것 같았다. 문득 나는 그날을 떠올렸다. 국내에 막 번역된 소설책을 읽고 있던 날이었다. 내가 좋아하는 작가가 번역한 책이라 무척 좋았다.

그는 말했다. 대부분 다 초벌 번역가가 있고, 이름만 그 작가를 내세워 장사를 하는 거라고. 나는 그럴 리 없다고 말했다. 그는 웃었다. 내가 세상을 잘 모른다고 했다. 평소 나는 그에게 고집을 부리는 일이 드물었다. 그의 말이 늘 옳다고 생각한 건 아니었다. 단지 그를 이길 수 없기 때문이었다. 그와 싸우고 나면 몸이 더 좋지 않았다. 어차피 그가 고집부리는 일들은 그렇게 대단한 것들이 아니었다. 반찬을 만드는 법, 장식장을 놓는 곳, 청소를 하는 순서, 옷을 정리하는 방법. 사소하고 단순한 일로 그와 다투고 싶지 않았다. 내가 적응하고 맞추면 평화로워졌고, 나는 그런 순간에 찾아오는 안정감을 사랑했다. 늘 별것 아니었다. 그러나 그날은 달랐다. 나는 화가 났다. 실랑이 끝에 나는 당신은 평소에 책을 읽지도 않으면서, 뭘 그렇게 아는 척이냐고 말했다. 그 말에 그는 상처를 받았다. 내가 어떻게 그런 말을 할 수 있는지 놀랍다고 했다. 나 역시 그에게 한 말을 후회하고 있었기 때문에, 너무 미안했다. 그는 내게 실망했다고 말했다. 자신은 항상 나를 생각해서 말하는데, 나는 무심하고 이기적이라고. 이럴 때마다 혼자 있는 기분이 든다고.

그녀가 말했다.

「미안해.」

그는 웃었다.

「미안하긴 뭐가 미안해. 괜찮다니까.」

그러나 그의 얼굴은 냉담했고, 그녀는 계속 눈치를 봤다. 뭔가 빗나가기 시작했다고 느낀 것이다. 여기서 잘못하면 뭔가 망치게 되리라고 느낀 것이다. 그럴 만한 일이면 상관없을 것이다. 서로에게 거짓말을 했다든가 모든 걸 포기할 만큼 나쁜 일을 저질렀다든가. 하지만 이건 아주 사소한 일이었다. 파국을 맞기에 충분하지 않았다. 커피에 떨어진 먼지라니. 이렇게 작은 일로, 그녀가 조금만 배려했으면 아무렇지 않았을 일로, 석 달 넘게 지속된 관계가 어긋나게 된다니. 그녀는 혼란스러워 보였다. 이 관계가 얼마나 소중한지, 얼마만큼의 가치가 있는지에 대해서는 별로 생각하는 것 같지 않았다. 이렇게 작은 일로 소중한 관계가 망가지고 있다는 생각만 하는 것 같았다. 이 집은 좁았고, 이 작은 공간에는 그녀와 그 단 두 사람뿐이었으며, 지금 그는 서운함을 느끼고 있었으니까. 상처를 받은 적이 있는 사람, 누군가에게 마음을 여는 것이 어려운 사람. 바로 그런 사람과 함께 있었으니까.

그가 그녀의 손을 잡았다. 잠시 그들은 그대로 서 있었다. 그는 그녀에게 어떤 말도 하지 않았다. 그녀의 손을 침실 쪽으로 살짝 이끌었을 뿐이다. 그녀는 가만히 있었다. 그는 문손잡이를 향해 다른 손을 뻗었다. 그리고 말했다.

「들어올래?」

그녀는 컵을 든 채 가만히 서 있었다. 나는 아름다운 것에 대해 생각했다.

그녀가 대답했다.

「아니, 나중에 볼게.」

그리고 그녀는 몸을 돌렸다. 그 순간이었다. 그가 그녀의 팔목을 확, 잡아당겼다.

생전의 나는 자주 아팠고, 쉽게 의욕을 잃었다. 의사는 내가 예민하다고 했다. 애쓰지 말라고 했다. 마음을 편히 먹으세요. 그러나 편안하기 위해서는 의지가 필요했다.

의사의 말을 전하자, 그는 내가 할 수 있다고 말했다. 나를 믿는다고 했다. 때문에 나는 침대에 오래 누워 있을 수 없었다. 나는 긴 시간 잠을 자고 싶은 충동과 싸워야 했다. 집 안에서 나를 항상 따라다니는, 그래서 나를 불안하게 만드는 무언가를 끊어 내고 싶은 마음을 무시해야만 했다. 나는 그에게 의지를 보여 줘야 했다. 내가 나을 수 있다는 것을 보여 주고 싶었다. 낫기 위해 내가 노력하고 있다는 것을 알려 주고 싶었다. 하지만 항상 무언가 내 주변을 맴돌고 있었다. 그게 죽음이라는 걸 알았다면 조금 더 편히 받아들일 수 있었을까.

그때는 아무것도 몰랐기에, 신경을 날카롭게 세우고 주변을 둘러보곤 했다. 그러나 그건 의지를 배반하는 일이었다. 불편한 마음을 내쫓지 않는 것, 내 주변에 이상한 일이 벌어지고 있다고 착각하는 것, 쓸데없이 주위 상황을 불편하게 받아들이는 것, 그러니까 예민하게 구는 것.

이런 걸 모두 안 하기로 했으니까. 나는 그를 실망시키고 싶지 않았다. 물론, 그는 내게 그런 일로 실망하지 않는다고 말했다. 그러나 나는 알 수 있었다. 나도 모르게 침대에 누워 머리를 감싸 안은 날이면, 그래서 적막한 집 안에서 눈을 뜬 날이면, 남모르는 불안으로 주변을 두리번거리는 날이면, 그는 말이 없었다. 그의 침묵은 나를 두렵게 했다. 내가 아프기 때문에, 정상적인 사람이 아니기 때문에 그가 내게서 멀어지는 것 같았다. 이걸 말할 수는 없었다. 내가 예민하다고 생각할까 봐. 내가 노력하지 않고 있다고 느낄까 봐.

그런데, 갑자기 궁금하다.

나는 언제부터 아팠던 거지?

그녀가 악, 하고 짧은 비명을 질렀다. 그리고 소리쳤다.

「왜 이래?」

그녀는 겁먹은 것 같았다. 그가 거센 힘으로 그녀를 잡아당겼으니까.

하지만 그는 침묵했다. 아무 대답도 안했다. 그는 그녀를 혼자 둔 채 자리를 떠났다. 식탁 의자에 앉아 혼자 커피를 마셨다. 한 모금, 두 모금. 그녀가 무엇을 하든 상관

없다는 듯 조용히 커피만 마셨다. 그녀는 그를 지켜보다 말했다.

그녀는 다시 물었다.

「왜 이러는지 말 안 할 거야?」

그는 대답하지 않았다. 침묵이 길어질수록, 그녀는 불안해 보였다. 영문을 모르기 때문이다. 동시에 그녀는 부당하다고 느끼는 것 같기도 했다. 그가 자신을 이렇게 대하면 안 된다는 걸 그녀는 분명 알고 있었다. 그녀는 그의 침묵을 내버려 뒀다. 시간이 계속 지나갔다. 그는 커피를 다 마셨고, 식탁을 내려다봤고, 그녀의 질문에 어떤 대답도 안 했다.

결국 그녀는 자리에서 일어나며 말했다.

「다음에 이야기하자.」

그때, 그가 입을 열었다.

「너는 내 생각과 너무 달라.」

그 말에 그녀가 폭발했다.

「지금 그게 할 말이야?」

그녀는 그에게 따져 물었다. 지금까지 자신이 말할 때

가만히 있다가, 갑자기 그런 소리를 하는 이유가 무엇이냐고. 내가 무엇을 잘못했냐고. 뭐가 다르냐고.

「너는 내 생각이랑 똑같은 사람일 것 같아? 너만 그렇다고 생각해?」

그녀의 말이 끝나자마자 그가 냉랭하게 말했다.

「그래. 그렇겠지. 상관없어. 이제 나는 괜찮아.」

이제 더는 그녀를 원하지 않고, 함께 있고 싶지도 않다는, 실망이 묻어 있었다. 그녀는 물러서지 않았다. 알았다고 대답했고 가방을 챙기기 시작했다. 이와 같은 남자라면 더는 만나지 않아도 좋다고 느끼는 것 같았다. 다행이었다.

그런데 그녀가 현관문을 붙잡은 순간, 그가 말했다.

「기억 못 하는 거지? 오늘이 나한테 어떤 날인지 말이야.」

오늘은 내가 죽은 날이고, 그는 매년 오늘이면 혼자 있다는 생각에 울적해지곤 했다. 오늘 그는 위로가 필요했고, 외롭고 싶지 않았다. 그녀도 알았다. 어떻게 모르겠는가.

그가 말했다.

「너는 오늘 내 기분이 어떤지 물어보지도 않았어. 내가 말하는 것마다 싫다고만 했지.」

그리고 한숨을 깊게 쉬었다.

「오늘 내가 행복할 거라고, 행복해서 잠도 제대로 이루지 못할 거라고, 그렇게 해주겠다고 네가 먼저 말했잖아.」

그녀의 얼굴이 조금 달라졌다. 그녀는 무슨 생각을 하는 걸까. 미안함일까. 죄책감? 아니면 수치심일까. 그가 자리에서 일어났다. 책꽂이 앞으로 가더니 조금 전 그녀가 유심히 들여다보던 소설책을 꺼내 왔다. 선물이라고 했다. 그녀는 여전히 똑같은 표정으로 책을 내려다봤다. 책 냄새가 오래된 기억처럼 그녀 주위를 에워쌌다. 아아 그건, 내게도 너무 익숙한 마음이었다. 나의 기억이었다. 나의 감정이었다.

그가 그녀의 어깨를 부드럽게 만지며 말했다.

「괜찮아. 내가 너무 기대했던 거야.」

그녀는 여전히 날 선 표정이었지만, 자신은 없어 보였

다. 그가 상처받은 표정으로 그녀 앞에 서 있었으니까. 그녀는 해명하고 싶어 하는 것 같았다. 상처 줄 의도는 전혀 없었다고 말이다. 애초 이 집에 온 건 그에게 좋은 기억을 남겨 주고 싶어서였다고. 그건 진심이라고. 그 때문인지 그녀는 차마 밖으로 나가지 못하고 현관에 어정쩡한 자세로 서 있었다. 반면 나는 그녀처럼 서 있지 않았다. 이것은 나의 기억이다. 나는 그를 끌어안았고, 미안하다고 했다. 왜냐하면 화가 났기 때문이었다.

겨우 이런 이유로 나를 밀어낸다는 걸 받아들일 수 없었다. 동시에 슬펐다. 어쨌든 내가 더 배려했다면 이런 일은 없었으리라 생각했다. 그러니까 그가 실망한 건, 결국 내 잘못이야. 내가 실수한 거야. 그래. 이건 실수야. 단 한 번의 실수. 나는 원래 무심한 사람이 아니야. 나는 현명한 여자야. 그에게 내 진짜 모습을 보여 줘야해. 그러면 그도 인정할 거야. 인정하게 해야 해. 그래야만 해. 이건 정말 작은 실수니까. 겨우 이런 일로 그를 놓치고 싶지 않았다. 겨우 이런 일로 그를 실망시킨 사람이 되고 싶지 않았다. 나는 좋은 여자였다. 겨우 이런 일에 실패한 사람으로 남고 싶지 않았다. 나 자신을 그렇게 기억하고 싶지 않았다. 내게는 의지가 있었다. 그도 내게 의지가 있다는 걸 알아. 알고 있으니까 내게 이렇게 말한 거겠지. 내가 좋은 여자라는 걸 그가 인정하게 하고 싶었다. 무슨 일이 있어도 그가 인정하는 걸 보고 싶었다. 그는 내가 할 수 있다는 걸 알아. 나를 믿으니까. 그는 다시 나를 믿을 거야. 그러기 위해서 내가 무엇을 해야 할지 생각했다. 나의 의지를 끌어 모았다. 그가 원하는 것들을 생각했다. 그러자 문득, 그가 원한다면 내가 싫어하는 일도 조금은 할 수 있을 것 같았다.

그런데 내가 원하는 것은 뭐였더라. 언젠가부터 그걸 기억할 수가 없었다. 두려움은 금세 증오가 되었다. 내가 그런 감정을 느낀다는 것을 증오했고, 내가 그런 두려움을 느끼게 하는 이들을 증오했다. 결국 나는 나를 증오했다. 그렇다. 그래서 나는 기억이 되었다. 나는 남겨진 증오의 기억이다. 그래서 희미한 속삭임, 절망 끝에 남은 의지, 조각난 거울의 뒷면, 물에 녹다 만 소금 알갱이가 되어 이 집에 스며들어 있었다. 이 집 곳곳을 돌아다닌다. 나는 그렇게 어디든 있다. 벽지만큼이나 색이 바란 책장들 속에, 투명한 벌레들이 갉아먹고 남겨 둔 얇은 종이 귀퉁이 끝에, 내 살결처럼 냉랭한 표지 위에 죽음처럼 서 있다. 내 기억이 시작된 지점을 끊임없이 되풀이해 바라보면서, 내가 이렇게 된 일을 돌아보면서, 나는 기회를 엿본다.

왜냐하면 나는 그가 다른 여자를 만나지 않기를 원하기 때문이다. 그런 일이 또 다시 일어나지 않기를 원하기 때문이다.

그녀는 멍한 표정으로 그를 바라보고 있었다. 아직 결정을 내리지 못한 것 같았다. 나는 그녀에게 속삭였다. 괜찮아. 지금 여기서 나가. 다시는 돌아오지 않아도 돼.

그때였다. 그가 머리를 감싸 안았다. 몸을 웅크렸다. 두통이라고 했다. 그러나 나는 그에게 손 하나 까딱하지 않았다. 그는 신음했다. 그리고 말했다.

「모두 다 부질없는 것 같아.」

방에서 잠시 쉬고 싶다고 했다. 그리고 그녀에게 덧붙였다.

「괜찮아. 집에 가도 돼.」

그녀가 짧게 한숨을 내쉬었다. 여전히 고민스러워 보였다. 그러더니 결정했다는 듯 외투를 바닥에 내려놨다. 그의 팔을 부축했다. 방문 앞까지 데려다 주겠다고 했다. 그가 그녀를 보며 미소를 지었다. 그들은 함께 걸었다. 오늘은 특별한 날이고, 그래서 그는 해마다 오늘 항상 혼자였다. 결코 행복해지지 못하리라 생각했다. 이전에 그는 그녀에게 이 모든 감정을 털어놓았다.

그녀를 만난 후 무언가 달라지리라는 희망이 생겼다고. 이제는 정말 달라질 수 있을 것 같다고. 그렇게 살고 싶다고. 기대하고 있다고.

그가 방문을 열며 그녀에게 말했다.

「들어올래?」

*

나는 병에 걸려 죽었다. 긴 시간 끝에, 나는 병에 익숙해졌고, 어느 날부터는 내가 나을 수 있으리라는 생각조차 못 했다. 병에 걸리지 않은 나 자신을 도저히 상상할 수 없었다.

그는 알까.

내가 지금처럼 그의 어깨를 밟고 앉은 채, 그의 머리를 꽉 움켜잡고 있다는 사실을.

그와 함께 한 모든 것을 잊을 수 없기 때문이라는 것을.

그 역시 나를 결코 잊지 못할 것이다.

내가 항상 곁에 있을게.

우리는 정말 사랑했다.

“ 죽음 이후
진실을 깨닫게 된다면 어떨까.
그 감정들이 궁금했다 ”

강화길

「우리는 사랑했다」의 이야기는 어디서 어떻게 시작되었나?

어느 날 몸이 굉장히 아팠는데, 누군가 나를 짓누른다는 느낌이 들었다. 원한, 분노, 슬픔, 떠나고 싶지 않은 마음 같은 걸 생각했다. 그렇게 시작했다.

실체가 없는 화자를 등장시켜서 어떤 부분을 강조하고 싶었나?

강조하고 싶은 건 없었다. 그냥 감정에 대해 쓰고 싶었다. 죽음 이후 진실을 깨닫게 된다면 어떨까. 분노할까. 체념할까. 그 감정들이 궁금했다.

최근의 화두는 무엇인가?

규칙적인 생활, 건강한 몸 그리고 성실한 마감.

소설은 머릿속의 이미지와 이야기를 글로 나타내고, 일러스트는 그림으로 나타낸다. 이 두 표현물이 하나의 이야기를 그렸다. 그림과 소설이 만나면 각 매체의 어떤 부분이 더 드러나거나 강조된다고 생각하는지?

상상의 공간이 더 확장되지 않을까. 소설이든 그림이든 무언가를 표현한 것이고, 그래서 읽고 보는 사람에게 자신만의 공간을 열어주는 일이라고 생각한다. 그 둘을 함께 경험한다면, 아마 훨씬 확장된 공간으로 들어갈 수 있게 될 것 같다.

그림 작품이 계기가 되거나 영감이 된 적이 있는가? 꼭 소설 작업이 아니더라도 같이 일해 보고 싶은 일러스트레이터나 화가가 있다면?

그림은 잘 알지 못한다. 그래서 누군가를 떠올리기는 쉽지 않으나, 이번에 작업해 주신 키미앤일이의 그림이 인상적이었다. 또 함께할 수 있으면 좋을 것 같다.

이야기를 짓는 것이 자신에게 어떤 즐거움을 주는가?

다른 생각을 하지 않게 해줘서 좋다.

소설을 쓸 때 중요하게 생각하는 것이 있나? 본인만의 원칙이 있는지.

원칙은 없지만 〈이 정도면 적당하다, 괜찮다〉라는 함정에 빠지지 않으려 노력한다.

강화길에게 〈소설〉은 무엇인가?

늘 해온 일. 앞으로도 할 일. 가능한 오래 하고 싶은 일. 좋아하는 일.

〈소설〉는 현시대에 어떤 힘을 지니고 있다고 생각하는가?

개인만의 공간.

좋아하는 단편 소설을 꼽는다면?

제롬 데이비드 샐린저J. D. Salinger의 「바나나피시를 위한 완벽한 날A Perfect Day for Bananafish」.

단편 소설의 장점은 무엇일까?

짧은 시간에 밀도 높은 이야기를 읽을 수 있다는 것.

소설을 쓸 수 없는 상황이 닥친다면 어떤 식으로 〈이야기〉에 대한 욕구를 표현할 수 있을까.

쓸 수 없는 상황이라면 안 쓸 것 같다. 다만, 언젠가 쓸 수 있는 때가 오리라 믿고 기다리지 않을까.

이 책을 〈테이크아웃〉한다면 어떤 공간과 시간으로 이 책을 가지고 가고 싶은지?

여름, 모두가 잠든 밤. 목욕을 마치고 나와 혼자 누운 침대.

" 그림은 아주 짧은 시간에
보는 사람의 눈길을 붙잡을 수 있는
힘이 있다 "

키미앤일이

소소하면서도 안정적인 일상의 공간들과 그 안에 평온하고 위트 있는 사람들을 그려 왔다. 그림을 통해 어떤 것을 표현하고 싶은가?

머릿속에 있는 생각들을 그대로 표현하고 싶다. 조금 쳐지거나 가라앉는 생각들도 꽤나 있었는데, 대부분 편안함이나 위트 있는 모습을 많이 기억해 주시는 것 같다. 내 머릿속에 있는 기쁜 것들, 슬픈 것들을 잘 표현해서 더 다양한 감정들을 공감할 수 있었으면 좋겠다.

그림 속 인물들은 표정에 감정을 전혀 드러내지 않고 있다.

표정이 아닌 다른 요소들로만 인물을 그려 낸 이유가 있는가?

장소나 물건들, 색깔로 감정을 표현해 내는 쪽이 내 마음이 편하다.

그림의 아이디어는 보통 어디서 어떻게 나오는가?

흘러가는 생각이나 대화, 좋아하는 음악, 영화 같은 아주 평범한 것들에서 나온다.

「우리는 사랑했다」를 읽고 가장 먼저 떠오른 이미지는?

아픔. 나는 사랑하는 사람과 같이 살고 있고, 하필 커다란 책장을 주문했을 때 소설을 읽었다. 감정 이입이 쉽게 되었다.

보통은 컬러풀한 작업을 하지만, 이번 작업에서는 색을 제한적으로 사용했다. 키미앤일이에게 컬러는 무엇을 표현하는 매체이며 제한적인 컬러는 어떤 의미가 될 수 있는가?

좋아하는 색이 워낙 많고, 컬러풀하지 않은 컬러 또한 매우 좋아한다. 한두 가지의 색으로만 쓰는 작업은 좀 더 집중하게 된다. 여러가지 색을 쓰게 되면 오히려 더 쉬울 수도 있다. 강조하고 싶은 것은 강조되는 색을 쓰면 되니까. 그러나 제한적인 컬러 작업은 그리면서도 한 번 더 생각하게 된다.

글과는 다른 그림만의 강점이 있다면?

그림 또한 글처럼 오래 보면 보이는 것들이 있고, 다시 봤을 때 보이는 것들이 있다. 하지만 그림은 아주 짧은 시간에 보는 사람의 눈길을 붙잡을 수 있는 힘이 있는 것 같다. 어떤 이유에서든.

그림책을 만들고, 그의 연장으로 공간과 굿즈를 만드는 등 다양한 프로젝트를 하고 있다. 일러스트레이터로서 어디까지 그 영역이 확대될 수 있다고 생각하는가?

시간이 갈수록 일러스트레이터의 영역의 선이 흐려지는 것 같다. 상업적인 비주얼 작업 대부분의 것들을 할 수 있지 않을까 생각한다.

문학 작품을 읽으면서도 영감을 얻는지 궁금하다. 그렇다면 가장 최근에 어떤 작품에서 영감을 얻었는지.

가장 최근에는 『글렌 굴드: 그래픽 평전Glenn Gould, une vie à contretemps』을 보았다. 최근에는 집중할 마음과 시간의 여유가 부족해 문학 작품을 별로 읽지 못하였는데, 그래픽 노블이라 비교적 단숨에 읽었다. 글렌 굴드의 삶을 간접적으로 보며 그림을 그릴 때 좀 더 마음을 다해 그려야겠다는 생각을 했다. 문학 외에도 영감을 받는 도서들은 많다. 인터뷰집이나 심지어 레시피북에서도.

보통 일러스트레이터에게는 소설의 표지 이미지를 의뢰한다. 본문과 같은 비중으로 이미지를 배치한다는 이야기를 들었을 때 어떤 점이 좋았고, 어떤 점이 걱정스러웠는가?

사실 일러스트레이터로 그림을 그려 오면서 항상 부담감을 안고 있는 부분이 있다. 책의 표지라면, 말 그대로 책을 읽을 때 가장 먼저 접하는 부분이지 않은가. 책을 제대로 이해한 걸까, 분위기가 맞는 걸까, 뭐 이런저런 걱정스러움과 함께 그런 중요한 부분을 맡겨 주어 고마움을 느낀다. 이번 작업에서는 그림의 비중이 커져서, 글을 더 열심히 읽게 되었다. 좀 더 글과 친밀해진 느낌이 좋았다. 역시나 나의 그림이 글을 읽는데 거슬리지는 않을까 하는 우려도 함께…….

가장 좋아하는 단편 소설은 무엇인가?

〈가장 좋아하는〉이라고 말할 수 있을 만큼 소설과 친하지 않다(친하고는 싶다). 최근에 읽은 단편 소설이 기억에 남는데 그걸로 대체를 하겠다. 『영향력』이라는 문예지에서 읽은 단편로 나일선의 「우리는 극장과도 같다」라는 단편인데, 〈어두워야만 볼 수 있는 것들이 있었다〉라는 구절이 기억에 남는다.

그림을 그릴 수 없는 상황 닥친다면 어떤 식으로 〈그림〉에 대한 욕구를 표현하겠는가?

어떤 상황일지는 모르겠지만, 무언가를 만드는 것이 될 것 같다. 요리를 한다던가, 공예를 한다던가. 손으로 무언가를 만든다는 것은 그림을 그린다는 것과 비슷한 점이 많은 것 같다.

이 작품을 〈테이크아웃〉한다면 어울릴 시간이나 장소는 어디일까?

〈테이크아웃〉이라는 단어와 어울리지 않지만 나의 집, 나의 방이 어울릴 것 같다. 오전 즈음에 커피를 마시며!

강화길

2012년 경향신문 신춘문예에 단편 소설 「방」이 당선되어 작품 활동을 시작했다. 2017년에 제8회 젊은작가상, 제22회 한겨레 문학상을 수상했다. 펴낸 책으로 소설집 『괜찮은 사람』, 장편 소설 『다른 사람』이 있다.

키미앤일이

그림을 그리는 키미와 디자인을 하는 일이의 스튜디오이다. 생각을 시각적으로 표현하며, 그림책과 인쇄물을 만드는 작업을 하고 있다.

TAKEOUT 05

우리는 사랑했다

글 강화길 **그림** 키미앤일이 **발행인** 홍유진 **발행처** 미메시스

주소 경기도 파주시 문발로 314 파주출판도시

대표전화 031-955-4400 **팩스** 031-955-4404

홈페이지 www.mimesisart.co.kr **email** info@mimesisart.co.kr

ISBN 979-11-5535-135-2 04810 979-11-5535-130-7 (세트)

발행일 2018년 7월 1일 초판 1쇄

이 도서의 국립중앙도서관 출판예정도서목록(CIP)은 서지정보유통지원시스템 홈페이지(http://seoji.nl.go.kr)와 국가자료공동목록시스템(http://www.nl.go.kr/kolisnet)에서 이용하실 수 있습니다. (CIP제어번호: CIP2018017427)

이 책은 실로 꿰매어 제본하는 정통적인 사철 방식으로 만들어졌습니다.
사철 방식으로 제본된 책은 오랫동안 보관해도 손상되지 않습니다.

테이크아웃은
단편 소설과 일러스트를 함께 소개하는
미메시스의 문학 시리즈입니다.

01 **섬의 애슐리** 정세랑×한예롤

02 **춤추는 사신** 배명훈×노상호

03 **우리집 강아지** 김학찬×권신홍

04 **밤이 아홉이라도** 전석순×훗한나

05 **우리는 사랑했다** 강화길×키미앤일이

06 **정선** 최은미×최지욱

근간 **부산 이후부터** 황현진×신모래

사랑하는 토끼머리에게 오한기×이소냐

뷰티-풀 박민정×유지현

비상문 최진영×변영근

끓인 콩의 도시에서 한유주×오혜진

•

•

•